Karen McCombie

est l'auteure de la popu-
laire série *Indie Kidd*
et d'autres œuvres de fiction pour
enfants et adolescents. De plus, elle
a collaboré aux magazines *J17* et *Sugar*.
Kare vit à Londres avec son mari, sa
petite fille et un gros chat.

Lydia Monks

a remporté le prix
du livre Smarties
pour *I Wish I Were
a Dog*. Elle a illustré de nombreux
livres pour enfants : des albums,
des recueils de poésie et des livres-
jeux. Lydia habite à Sheffield avec
son mari et leurs deux enfants.

Les éditions de la courte échelle inc.
5243, boul. Saint-Laurent
Montréal (Québec) H2T 1S4
www.courteechelle.com

Traduction :
Rachel Martinez

Révision :
Sophie Sainte-Marie

Infographie :
Nathalie Thomas

Dépôt légal, 2ᵉ trimestre 2009
Bibliothèque nationale du Québec

Pour Freya dont les boucles magnifiques me rappellent celles de Phie

K.M^cC.

Pour Isabella

L.M.

Édition originale : *Me And The School (Un)Fair*

La courte échelle reconnaît l'aide financière du gouvernement du Canada par l'entremise du Programme d'aide au développement de l'industrie de l'édition pour ses activités d'édition. La courte échelle est aussi inscrite au programme de subvention globale du Conseil des Arts du Canada et reçoit l'appui du gouvernement du Québec par l'intermédiaire de la SODEC.

La courte échelle bénéficie également du Programme de crédit d'impôt pour l'édition de livres — Gestion SODEC — du gouvernement du Québec.

Catalogage avant publication de Bibliothèque et Archives nationales du Québec et Bibliothèque et Archives Canada

McCombie, Karen

   Je suis la plus (mal) chanceuse de l'école !

(Indie Kidd ; 7)
Traduction de : Me And The School (Un)Fair
Pour enfants de 8 ans et plus.

ISBN 978-2-89651-187-7

   I. Monks, Lydia. II. Martinez, Rachel. III. Titre. IV. Collection : Indie Kidd ; 7.

PZ23.M285Jea 2009   j823'.92   C2009-940832-5

Imprimé au Canada

sur les presses de l'imprimerie Gauvin

Je suis la plus (mal)chanceuse de l'école!

KAREN McCOMBIE
LYDIA MONKS

Traduit de l'anglais
par Rachel Martinez

la courte échelle

Bienvenue dans mon monde

Ed

Moi (Indie)

Maman

Molson

Beignet

George

Kenneth

La famille Poisson-Rouge et Brian le poisson-ange

Napolitaine

Galette

1

Beaucoup, beaucoup de « oooooohh ! »

Le trampoline de l'école m'a **avalée** jeudi dernier.

Le jeudi, on a le cours d'éducation physique, et tout le monde est censé **adorer** le trampoline. Mais pas moi. Et le trampoline ne m'aime pas non plus. C'est pour ça qu'il a **englouti** ma jambe.

Mlle Lévi m'encourageait pendant que je sautais, sautais, sautais avec l'élégance d'un insecte :

— Plus haut, Indie !

Plus haut, plus haut, PLUS HAUT !

Vas-y ! Un peu plus d'énergie !

Je sautais de mon mieux pour impressionner So et Phie, mes meilleures amies, ainsi que tous les autres élèves de ma classe.

Je pensais à mon chien Beignet qui peut bondir très haut quand il croit que personne ne le regarde et qu'il essaie de voler de la nourriture sur la table de la cuisine. (Il fait des bonds incroyables pour un chien qui a la silhouette d'un sac de patates.)

Si un animal aussi peu athlétique que Beignet peut être champion de saut, il me semble qu'une fille de dix ans peut réussir, elle aussi !

Le problème, c'est que je pensais tellement à Beignet que j'ai dévié dangereusement en

sautant, sautant, sautant

et ma jambe gauche a **glissé** entre la toile du trampoline et son cadre en métal.

Je me suis retrouvée avec la jambe pendante et le derrière soutenu par les **câbles élastiques**. Mon autre jambe était repliée et mon genou me touchait l'oreille. Tout le monde s'est mis à rire de moi (quelle surprise!), même So et Phie. (Elles m'ont juré par la suite qu'elles avaient vraiment essayé de garder leur sérieux.)

Même avant cet incident, je n'aimais pas beaucoup le cours d'éducation physique. Je ne comprends pas quel plaisir il y a à courir ou à bondir sans raison. Pourtant, **j'adore** aller gambader au parc avec mes chiens. Et, croyez-moi, se suspendre à un câble et escalader un espalier, ce n'est rien comparativement à grimper aux arbres avec mon demi-frère Dylan.

Alors, depuis jeudi – le jour où tout le monde a ri de moi –, j'ai décidé que le cours d'éducation physique était celui que je détestais le plus dans tout

le cösmunivers et plus loin encore.

Nous étions lundi matin et tous les élèves étaient rassemblés dans la grande salle. J'étais maussade. Assise en tailleur sur le plancher, je regardais par la fenêtre le pavillon du gymnase qui se trouvait de l'autre côté de la cour d'école.

J'aurais souhaité faire disparaître le bâtiment par magie – surtout le trampoline – en agitant le petit doigt.

Bonjour, les enfants!

a lancé M. Ioannou, le directeur, qui se tenait sur la scène au fond de la salle.

— Bonjour, monsieur Ioannou, ont marmonné des dizaines de voix endormies du lundi matin.

— Première nouvelle aujourd'hui : un vilain microbe circule dans l'école, alors soyez tous aux aguets si vous avez des maux de ventre…

En général, j'aimais beaucoup nos réunions du lundi matin. À la fin, M. Ioannou remettait toujours son certificat de

à un élève chanceux. Je retenais toujours mon souffle, en espérant que j'aurais cette chance un jour. J'avais des frissons à l'idée de monter bruyamment sur la scène pour aller chercher « mon » certificat sous les applaudissements de toute l'école…

À ce moment-là, par contre, je n'arrivais pas à me concentrer sur ce que disait le directeur. Derrière ma cuisse gauche, je sentais encore les éraflures brûlantes causées par les gros élastiques du trampoline et je devais m'asseoir d'une bien drôle de façon pour avoir moins mal.

Puis mon attention s'est portée sur quelqu'un qui faisait un étrange bruit.

C'était moi.

— Oooooooooooh...

Ce n'était pas un « **ooooooooh**… » qui signifiait « youpi ! ». C'était plutôt un « **ooooooooh**… » plaintif et grognon.

Et je faisais « **ooooooooh**… » parce que je venais de me rendre compte que ma jambe gauche était tout engourdie à cause de cette bien drôle de façon de m'asseoir.

Je voulais plus que tout déplier ma jambe et l'étirer, sauf que la règle à l'école, c'est qu'on doit s'asseoir et rester tranquilles, sans bouger, aussi coincés que des sardines en boîte (mais sans l'huile gluante).

Les rangs étaient si serrés que je me sentais comme dans un sandwich de meilleures amies: le genou droit coincé contre le genou gauche de So et le genou gauche coincé contre le genou droit de Phie.

A a a a a a a a a h...

Juste devant moi se trouvait Simon Levert. Il était si près que j'aurais pu lui faire un **gros câlin**, si jamais j'en avais eu envie, sauf que personne n'en a jamais envie, car Simon Levert est aussi sympathique qu'une bactérie.

— **Oooooooooooh !**

— Ça va, Indie ? a chuchoté Phie.

— *Nooooooooon* ! ai-je répondu à voix basse, d'un ton plaintif et grognon.

Je frottais ma jambe qui semblait toute morte.

So était inquiète :

— As-tu une crampe ?

— Non, ma jambe est simplement tout engourdie !

— Oh, oh, a marmonné Phie. Tu sais ce que ça signifie…

Oh ! oh ! non, je ne le savais pas.

Je n'avais pas les idées très claires, d'abord à cause de la drôle de sensation dans ma jambe, ensuite parce qu'un rayon laser était pointé sur nous.

Notre enseignante, Mlle Lévi, était

perchée sur une chaise au bout de la rangée. Les yeux écarquillés et les sourcils arqués, elle lançait un regard noir dans notre direction. C'était son code secret pour nous avertir : « Indie, So et Phie, peu importe ce que vous fabriquez, **ARRÊTEZ TOUT DE SUITE!** »

Nous avons cessé de marmonner. Le seul qui parlait, c'était M. Ioannou, mais il en avait le droit, lui.

— Prochaine nouvelle : l'école orga-
nisera une grande kermesse dans deux
semaines…

ooooooooooh!

me suis-je dit (dans le sens de
« **youpi!** »). J'adore les fêtes.
J'aime les maquillages, les mo-
dules gonflables (c'est pas mal plus
amusant de **sauter** dans un château
que sur un trampoline avaleur de jambes). Et j'aime la musique, les jeux et les
montagnes de gâteaux et de sucreries
maison à acheter (et à manger, manger,
manger…).

— … et cette kermesse nous servira à
amasser des fonds pour notre gymnase.
Quoi?

— Nous aimerions remplacer nos vieux équipements et peut-être même nous offrir un tout nouveau…

Non, s'il vous plaît… me suis-je chuchoté à moi-même.

— … **trampoline!**

— **Youpi!** ont crié en chœur les enfants tout autour de moi.

— Bouh! ai-je marmonné en me tortillant sur le parquet dur pour essayer de trouver une position plus confortable.

Pendant ce temps, profitant de l'agitation des « youpi », Phie a tenté de poursuivre l'explication qu'elle avait commencée avant que Mlle Lévi nous jette son Regard Lugubre.

— Indie, fais attention : tu sentiras ta jambe comme une pelote d'épingles dès que tu la bougeras !

Trop tard. À l'aide !

J'ai pu à peine bouger d'un huitième de centimètre, mais ça a suffi pour déclencher une réaction en chaîne de « ooooooooooooooh ! » entrecoupés de quelques « aaaaaaaaaaaah ! » étouffés. C'était comme si une armée de fourmis voraces mordaient et chatouillaient ma jambe.

— Bien entendu, il faudrait trouver un thème, a dit M. Ioannou avec enthousiasme sans remarquer que je frétillais et me tortillais, cachée derrière Simon Levert. J'ai pensé qu'on pourrait organiser un concours pour vous tous, les enfants…

— Mademoiselle Lévi ! Mademoiselle Lévi ! Indie Kidd est devenue **folle !** a glapi Simon Levert en se retournant vers moi pour voir ce qui se passait.

Le Regard Lugubre s'est posé de nouveau sur moi, bientôt suivi du regard de tout le monde dans la salle.

Super.

J'étais dans le pétrin et c'était *tellement* injuste.

Aussi injuste que se faire avaler par un trampoline, avoir la jambe transpercée

d'épingles ou s'asseoir derrière Simon Levert le rapporteur.

À bien y penser, *tout* était injuste.

Même la kermesse : amasser des
fonds pour un nouveau trampoline avaleur de jambes, quelle injustice !

2

La liste des (pas vraiment) bonnes idées

Tout le monde est bon en quelque chose.

Mon amie So est une experte de la danse irlandaise (celle où on remue les jambes, mais pas le haut du corps).

Mon amie Phie connaît des expressions rares comme « être tourneboulé » (qui veut dire être bouleversé ou tout à l'envers, je ne m'en souviens jamais).

Ma maman dirige le refuge pour animaux Le cœur sur la patte et elle s'occupe admirablement bien des bêtes malades et abandonnées. (Hier soir, par exemple, on l'a appelée à la rescousse pour capturer une chèvre errante qui broutait du gazon au beau milieu du terre-plein d'un boulevard.)

Mon papa est un très bon photographe de mariage. (Quoique ses idées soient un peu bizar-res... Samedi dernier, il a demandé à de nouveaux mariés en grande tenue de grimper sur des échasses sauteuses pour « sauter de joie ».)

Ma belle-mère Fiona est une excellente cuisinière (elle écrit même des recettes pour le journal local) et mon demi-frère Dylan, qui a neuf ans, est un vrai génie (mais il n'a pas beaucoup de jugeote).

Et moi ? Eh bien, je ne reste pas de mauvaise humeur très longtemps, surtout lorsqu'il se passe quelque chose d'**amusant** (comme un concours). Surtout si je gagne et que M. Ioannou me remet un de ses certificats de **Félicitations !** devant toute l'école !

— Bonjour, les filles ! nous a saluées Mme O'Neill, ma voisine.

La vieille dame a surgi de derrière sa haie qu'elle taillait, une feuille à la fois, avec de minuscules ciseaux à ongles.

J'ai sursauté et j'ai failli lâcher la laisse de mon chien Kenneth **ET** le calepin dans lequel je griffonnais.

— Bonjour, madame O'Neill, ai-je répondu exactement en même temps que Caitlin qui est…

A notre pensionnaire,

B une bonne joueuse de didjeridou,

C ma gardienne (elle était venue me chercher à l'école en ce mardi après-midi).

Mme O'Neill semblait heureuse de nous voir, mais pas tellement de voir nos chiens.

En fait, elle aime bien Kenneth le scotch-terrier et Georges le lévrier, mais pas Beignet le cinglé.

À l'époque où Beignet vivait au refuge de maman et que personne n'était intéressé à l'adopter, j'avais essayé de convaincre Mme O'Neill de l'accueillir. Mais au cours de l'après-midi qu'il avait passé chez elle, il avait englouti un plein sac de caramels, une revue et un panier que ma voisine avait fabriqué avec des bâtonnets de bois.

Il habite chez nous depuis ce jour-là.

Mme O'Neill avait tout de même fini par adopter un animal de compagnie : Archie la perruche. Je l'apercevais souvent, perchée sur le rebord de la fenêtre du salon de ma voisine.

— Tu me sembles très absorbée par ce que tu écris, India ! m'a lancé Mme O'Neill en m'appelant par mon nom complet, que personne n'utilise à moins d'être fâché contre moi.

(En passant, Mlle Lévi ne m'en a plus voulu lorsqu'elle s'est rendu compte que j'avais la jambe engourdie et que je ne faisais pas l'imbécile. Elle m'avait forcée à sauter à cloche-pied autour de mes camarades pour refaire circuler le sang et a même demandé à toute la classe de sauter avec moi pour que je ne me sente pas ridicule.)

— Et qu'est-ce que tu es en train d'écrire avec tant de soin ? m'a demandé ma voisine en pointant ses ciseaux dans ma direction.

— C'est une idée que je viens d'avoir, a précisé Caitlin qui ressemblait à un mât enrubanné.

Elle tentait de démêler les laisses de Beignet, de Georges et de Kenneth, qui **tournaient** autour d'elle en **reniflant** le trottoir avec application.

J'ai expliqué à Mme O'Neill :

— Il y a un concours à l'école pour choisir le thème de notre kermesse. Le gagnant recevra un certificat de **Félicitations** ! du directeur.

Mme O'Neill a paru intéressée, même si aucune des idées sur ma liste n'était digne d'intérêt.

Voici ce que j'avais noté :

- Époque médiévale (idée de papa)

- Époque préhistorique
  (encore une idée de papa)

  • Insectes (idée de Dylan)

- Insectes extraterrestres
  (une autre idée de Dylan)

- Muffins (idée de ma belle-mère Fiona)
  • Dracula (idée de Caitlin)

Aucune des personnes que j'aime ne semblait comprendre que le thème d'une fête d'école ne devait pas avoir l'air fou une fois inscrit sur un écriteau. Imaginez une affiche indiquant « Bestioles rares » à côté de la table des gâteries. Ou bien « Maquillage » à côté d'un homme de Néandertal grandeur nature. Pire encore : « Toilettes par là » écrit à côté d'un muffin géant.

— Cherches-tu d'autres idées, India ? m'a demandé Mme O'Neill.

— Bien sûr ! ai-je répondu d'un air enthousiaste.

Après tout, Mme O'Neill devait avoir soixante, quatre-vingt-sept ou bien quatre-vingt-onze ans, et elle avait une longue expérience de la vie. Peut-être qu'elle aurait une **idée stupéfiante.**

— Que dirais-tu du thème des perruches ?

Pas vraiment mieux, à bien y penser.

— Mmm, c'est… excellent ! Il faut que je rentre pour servir la collation aux animaux ! ai-je menti en ajoutant l'idée de Mme O'Neil à ma liste de plus en plus longue d'idées pas très bonnes.

J'ai salué ma voisine de la main en souriant, puis j'ai ressenti le besoin soudain d'appeler maman au travail.

Elle avait été si occupée avec les chèvres qui s'aventuraient sur les boulevards et d'autres urgences du genre que je ne lui avais pas encore parlé du concours. Elle pourrait me donner des idées.

J'ai composé son numéro sur mon cellulaire pendant que Caitlin et moi franchissions la porte de la cour, les pieds emmêlés dans les laisses des toutous.

— Maman ?

— Bonjour, Indie chérie ! a répondu ma mère, l'air distrait.

— Écoute, pourrais-tu m'aider à trouver un thème pour la kermesse de l'école ?

— Chérie, je ne peux pas te parler pour le moment. J'ai un perroquet gros comme un dodo perché sur l'épaule et j'essaie de le faire entrer dans une cage avant qu'il morde... ⱥïℓ !

Un dodo.

Des idées en forme de dodo se sont mises à me traverser l'esprit.

Le thème des animaux disparus ne conviendrait pas pour la kermesse (trop bizarre), mais peut-être qu'on pourrait faire quelque chose sur les animaux en voie d'extinction ?

Tout à coup, je l'ai eue, mon idée !

On pourrait organiser une fête sur le thème de l'**écologie** avec des jeux

comme « Fixez la tête sur la tortue luth » !

Alors que maman se lamentait, mon cœur battait d'excitation.

Hourra pour la kermesse de l'école et la grande gagnante du concours du thème ! (Ça pourrait être *moi*, je me croisais les doigts !)

Le projet écologique qui fait flop-flop

Le lancer de l'éponge Lancez sur les enseignants une éponge imbibée d'eau de pluie !

Le jeu de poches recyclées Jouez avec des poches confectionnées dans des retailles de vieux vêtements et remplies de sable !

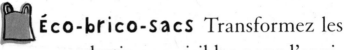 **Éco-brico-sacs** Transformez les sacs en plastique nuisibles pour l'environnement en œuvres d'art !

combien en reste-t-il ? Prix à gagner si vous connaissez la réponse à des questions comme « Combien reste-t-il de tamarins dorés dans les forêts tropicales humides d'Amérique du Sud ? » (Réponse : 150)

jungle gonflable Bondissez dans un château gonflable transformé en forêt au moyen de lierre coupé sur le mur de l'école !

J'ai illustré tous ces jeux et d'autres encore sur une grande carte représentant la cour d'école. Comme ça, tout le monde (particulièrement M. Ioannou) pourra mieux comprendre.

La veille, Dylan était venu chez moi pour prendre la collation et m'aider à me préparer pour le concours. Il m'avait dit avec assurance :

— Tchugagnechéchur.

— **Quoi ?**

Évidemment, je n'avais absolument rien compris. J'avais eu beau me creuser les méninges, je n'avais jamais lu ni entendu le mot « tchugagnechéchur » et je n'avais pas la moindre idée de ce qu'il signifiait.

Dylan mastiquait avec vigueur la dernière bouchée de son sandwich. Il semblait imiter un castor en accéléré.

Puis il a **avalé tout rond**.

— J'ai dit: « Tu gagnes, c'est sûr », m'a-t-il répété en français cette fois, en laissant tomber son charabia.

(C'est Phie qui m'a montré ce mot. Joli, n'est-ce pas ?)

— Eh bien, d'un point de vue technique, je *pourrais* perdre.

— Non, c'est trop bon !

Je dois avouer que, grâce à l'aide de Dylan, mon projet était *vraiment, vraiment* réussi. Il avait dessiné sur ma carte un superbe ibis chauve (j'avais transformé le jeu de l'âne en jeu de l'ibis chauve parce que cet oi-seau est une espèce menacée).

Pourtant, même si d'après moi mon projet écologique était très bon, je n'osais pas le dire, parce que cela m'aurait monté à la tête et aurait nui à mes chances de recevoir le certificat de **Félicitations** !

Dylan m'a demandé, avec sa façon exaspérante de ne pas finir ses phrases :

— Comment vas-tu faire ?

— Faire quoi ?

— Pour apporter ton carton à l'école !

Je lui ai répondu avec assurance :

— Je vais le glisser sous mon bras, bien sûr !

— Il est trop **gros**, a observé Dylan.

— Pas du tout. Regarde ! ai-je rétorqué en prenant le carton géant et en essayant de le tenir sous mon bras.

Je devais garder mon bras très serré sur le côté pour maintenir le carton en place puisque mes doigts n'étaient pas assez longs pour retenir le bord.

Dylan a observé :

— Ça n'a pas l'air très confortable…

Parfois, j'aimerais qu'il se taise. Il
peut être très embêtant, surtout quand
il a raison.

— Pourtant, ça l'est, ai-je menti.

Si j'avais du mal à rester debout au
milieu de ma chambre en tenant ma gigantesque carte sous le bras, imaginez
sur le chemin de l'école. Même si la bri-
se était toute légère, Caitlin a dû saisir
mon grand carton avant qu'un coup de
vent nous projette, lui et moi, devant
l'autobus qui s'en venait.

J'étais vraiment soulagée d'arriver à
l'école, où il n'y avait pas un souffle
de vent.

C'était vendredi, la date limite pour
remettre nos propositions. M. Ioannou

devait les évaluer au cours de la fin de semaine et annoncer le gagnant (ou la gagnante) à la réunion du lundi matin. (**Youpi !**)

Par chance, j'ai très vite croisé Phie et je n'ai pas eu à parcourir le corridor toute seule en tenant maladroitement mon carton pour me rendre au bureau du directeur. Elle m'a demandé en montrant ma carte :

— Hé ! Indie, qu'est-ce que c'est ?

— C'est ma proposition pour le concours. Où est la tienne ?

J'étais surprise qu'elle n'ait pas deviné toute seule. Peut-être qu'elle ne s'attendait pas à quelque chose d'aussi **gros.**

— Ici, a répondu mon amie en me tendant une feuille qu'elle avait arrachée de son carnet de notes préféré.

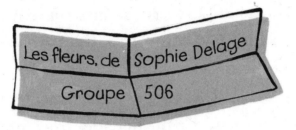

Les fleurs, de Sophie Delage

Groupe 506

Dessus, elle avait écrit:

— Je ne pensais pas participer, mais j'ai eu cette idée en venant à l'école aujourd'hui et je me suis dit que ça valait la peine d'essayer, m'a-t-elle expliqué en pliant sa feuille encore plus petit.

Ça ressemblait à un **livre de souris**.

— Bonjour ! nous a saluées So en arrivant derrière nous à la course. Qu'est-ce que vous tramez, toutes les deux ?

— Nous allons déposer nos projets pour la kermesse, ai-je répondu.

So a regardé mon carton grand comme la porte de la classe et le projet de Phie, gros comme un **livre de souris**. Elle nous a dit :

— Parfait ! Je vous accompagne parce que je viens d'avoir une idée, moi aussi !

So nous a montré ce qui ressemblait à un parchemin roulé :

Une fête hawayaine !
idée de Sophie Musyoka, groupe 506

— Tu as fait une faute, So. Ça s'écrit : h-a-w-a-ï-e-n-n-e, l'a corrigée Phie.

So a froncé les sourcils pendant que nous nous dirigions vers le bureau de M. Ioannou :

— Es-tu sûre ? Le « ï » me semble de trop, non ?

— Évidemment que je suis sûre ! a rétorqué Phie, offensée que quelqu'un mette en doute ses talents en ortho-graphe.

(Remarquez que je me demande parfois si Phie invente des mots en sachant que So et moi ne saurons pas com-ment les épeler.

« Coucoumelle », par exemple, ce ne doit pas être un vrai mot, hein ? J'imagine que ce doit être un petit oiseau tout rond portant un tutu.)

So a soudainement eu l'air inquiet et a lancé, d'une voix paniquée :

— Croyez-vous que le directeur va me disqualifier parce que j'ai fait une faute d'orthographe ?

— Peut-être, a répondu Phie avec l'air « je-te-l'avais-bien-dit » d'une personne qui écrit sans jamais se tromper.

— Qu'en penses-tu, Indie ? m'a demandé So, pleine d'espoir.

— Bien sûr que non ! l'ai-je rassurée sans croire aucun des quatre mots que je venais de prononcer.

M. Ioannou parlait sans arrêt de l'importance de la lecture, de l'écriture, de l'orthographe et de toutes ces choses-là.

Peut-être qu'il rejetterait le projet de So, ce qui serait triste parce que s'il ne choisissait pas *mon* idée, c'est à une fête hawayaine, ou hawaïenne, que j'aimerais participer !

— Oh! s'est exclamée Phie lorsque nous sommes arrivées devant le bureau du directeur.

— Oh! a répété So en regardant mon gigantesque carton.

Propositions pour le concours ici ⬇

— Oh! a ajouté la pauvre petite moi en voyant la boîte à chaussures déposée sur une chaise.

L'affichette disait « Propositions pour le concours ici » et une flèche pointait vers une fente dans le couvercle.

— Hum… Bien voilà ! a lancé Phie d'un air bizarre en glissant son **livre de souris** dans la fente.

Zut… J'avais autant de chances de gagner que Beignet en avait de remporter un concours de beauté et d'intelligence.

Bref, je n'avais aucun espoir de monter sur la scène pour aller chercher mon certificat de **Félicitations !** sous les applaudissements des autres enfants de l'école.

C'était trop injuste…

Une humeur tracassante

C'était lundi, pendant l'assemblée générale à l'école.

Il y avait beaucoup de brouhaha pendant que tous les élèves s'asseyaient dans la salle. Il y avait plus de place que d'habitude à l'avant, car la plupart des petits de maternelle et de première année étaient alités à la maison. Ils avaient attrapé le fameux virus dont nous avait parlé M. Ioannou la semaine précédente.

À cause du bruit et du remue-ménage, j'avais encore quelques secondes pour harceler Mlle Lévi :

— Excusez-moi, mademoiselle Lévi, en êtes-vous bien sûre ?

— À cent pour cent, Indie !

J'ai regardé mon enseignante d'un air implorant en espérant qu'elle pourrait me dire quelque chose de plus rassurant que « à cent pour cent ».

Je me serais peut-être calmée si elle m'avait juré qu'elle était sincèrement et absolument sûre (croix de bois, croix de fer, si je mens, je vais en enfer) que M. Ioannou avait lu ma proposition.

Elle avait été vraiment gentille avec moi le vendredi précédent lorsqu'elle m'avait aperçue, penchée sur mon livre de mathématiques. Elle avait probablement deviné que je n'étais pas très concentrée en voyant des **larmes** couler sur mon livre **à l'envers**.

Lorsque je lui avais expliqué que j'avais dû coincer mon carton derrière la chaise où se trouvait la boîte (et que je paniquais à l'idée que le concierge pense que c'était pour la poubelle), Mlle Lévi m'avait promis qu'elle vérifierait avec le directeur à la récréation.

J'avais passé toute la récréation à manger ma barre tendre en croisant les doigts.(**Très difficile. Essayez pour voir.**)

— M. Ioannou m'a juré qu'il l'avait, m'avait-elle assuré en revenant en classe.

— Pour de vrai ?

— Pour de vrai.

Je m'étais sentie un peu mieux pendant un certain temps. Enfin, jusqu'à ce que j'aille manger chez papa la veille.

— Peut-être que le directeur ne l'a pas eu, mais qu'il a prétendu le *contraire* devant Mlle Lévi, avait supposé Dylan en se servant une troisième portion du gâteau au fromage et au chocolat de ma belle-mère Fiona.

— Pourquoi ferait-il cela ? avais-je demandé à Dylan en sentant une boule se former dans mon estomac rempli de gâteau.

— Parce que les grandes personnes mentent tout le temps.

— **ce n'est pas vrai, Dylan!** avait répondu mon père, complètement étonné.

— Vraiment? Alors pourquoi nous parlez-vous du père Noël, de la fée des dents et du lapin de Pâques? Pourquoi m'as-tu dit «Non, non, ton poisson rouge n'est pas mort. Je l'ai donné à l'aquarium municipal», hein?

Papa avait ravalé d'un coup.

— Le directeur a peut-être affirmé qu'il avait reçu ton projet pour que tu te sentes mieux, a poursuivi Dylan. Et tu n'as aucun moyen de le savoir parce que c'est une grande personne et qu'il peut dire ce qu'il veut !

Papa semblait vouloir me rassurer, mais son esprit était paralysé.

J'étais donc rentrée chez moi avec une humeur **tracassante**, je m'étais endormie avec une humeur **tracassante** et, en ce lundi matin, j'étais arrivée à l'école avec une humeur **tracassante**.

C'est pourquoi j'embêtais Mlle Lévi

en lui demandant sur tous les tons : « Êtes-vous bien sûre ? »

— Maintenant, élèves du groupe 506, asseyez-vous tous ! nous a-t-elle ordonné.

Je pense que c'était sa façon à elle d'ignorer mon regard implorant.

— Oh, regarde ! m'a dit So en me donnant un petit coup de coude.

— Elle se l'est probablement cassé, a chuchoté Phie.

« Elle », c'était Mélanie McKay, une élève de sixième année. Et ce qu'elle s'était cassé, c'était le bras.

Mélanie McKay est **célèbre** dans notre école pour sa rapidité à parcourir les échelles de gymnastique d'un bout à l'autre.

Vendredi, pendant la récréation, elle aurait toutefois pu remporter le prix de la plus douloureuse chute de l'école.

Son enseignante l'avait tout de suite accompagnée à l'infirmerie.

En apercevant son beau plâtre, j'ai déduit qu'elle avait passé le reste de l'après-midi à l'hôpital.

Chuuuuuuuut !

Mlle Lévi nous a fait taire juste au moment où M. Ioannou montait sur la scène. Il nous a salués avec beaucoup d'enthousiasme :

— Bonjour, tout le monde !

Nous lui avons répondu en marmonnant en chœur :

— Bonjour, monsieur Ioannou !

— J'espère que vous avez passé une belle fin de semaine et que vous êtes prêts à bien travailler...

Je sais que ce n'est pas gentil, mais je crois que, pendant les cinq minutes qui ont suivi, tout le monde n'a entendu que **blablabla**, alors que ce qu'on voulait entendre, c'était le nom du gagnant du certificat de **Félicitations!** Ou peut-être étais-je la seule.

— Et maintenant, voici le nom du gagnant…

Je pouvais sentir autour de moi mes compagnons qui se réveillaient et commençaient à écouter avec attention. J'étais étonnée de m'en rendre compte, car mon cœur battait si fort que j'en étais étourdie.

J'ai reçu des propositions fantastiques.

(Les gens disent toujours ça lorsqu'ils annoncent les résultats d'un concours. Personne n'ose dire « Puisque presque toutes les propositions étaient mauvaises, ça a été simple comme bonjour de désigner un gagnant. »)

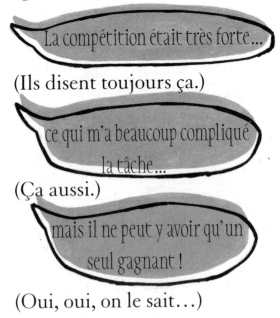

La compétition était très forte...

(Ils disent toujours ça.)

ce qui m'a beaucoup compliqué la tâche...

(Ça aussi.)

mais il ne peut y avoir qu'un seul gagnant !

(Oui, oui, on le sait…)

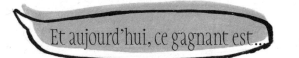
Et aujourd'hui, ce gagnant est...

Quelqu'un, quelque part, a commencé à imiter un roulement de tambour sur le plancher avec ses mains. Les élèves se sont mis à rire nerveusement et une enseignante de quatrième année, très en colère, a fait taire quelqu'un que je ne pouvais pas voir.

J'étais si nerveuse que j'avais peur de me **sentir mal**.

Mélanie McKay...

J'ai vu un plâtre s'agiter en l'air.

avec son fantastique thème du cirque !

Pfouit...
Je me suis dégonflée.

Le cirque ? C'était… Euh… Eh bien, ce n'était pas une idée aussi mauvaise que les insectes extra-terrestres, les muffins ou les perruches,  sauf que ça me semblait plutôt assommant. La vérité, c'est que je n'aurais pas été (aussi) déçue de perdre si le thème avait été si extraordinaire que ma tête aurait fait **ping** d'excitation.

Mon cerveau a plutôt fait « hum… » pendant que j'essayais de comprendre *pourquoi* le projet de Mélanie avait été retenu.

M. Ioannou avait-il manqué de temps pour consulter toutes les propo-sitions pendant la fin de semaine ? S'était-il contenté de choisir au hasard

Le cirque

en récitant : « Un, deux, trois, quatre, ma petite vache a mal aux pattes » ?

Le directeur nous a montré une feuille froissée où était écrit le mot « cirque » en toutes sortes de couleurs et a annoncé :

— Mélanie, viens ici s'il te plaît pour recevoir ton certificat. On l'applaudit chaleureusement !

Bouh... Ça aurait dû être moi, ai-je pensé méchamment (mais je ne pouvais pas m'en empêcher).

Et vlan ! Dylan avait sûrement raison : M. Ioannou n'avait jamais vu mon carton. Je parie qu'il avait été ramassé par un concierge

trop zélé et qu'il se trouvait maintenant dans l'une des immenses poubelles de l'école sous une tonne de restes de pâté chinois.

— Pendant que Mélanie se dirige vers la scène, j'aimerais mentionner un autre excellent projet : celui d'India Kidd. Où es-tu, India ?

Deux coudes m'ont violemment frappée dans les côtes. (Je devinais l'excitation de So et de Phie.) J'ai levé la main en tremblant un peu.

— Ah, India ! a lancé le directeur en me fixant. Ton idée sur l'écologie était vraiment très bien préparée et présentée !

J'ai senti un frisson de fierté me parcourir l'épine dorsale en entendant ce compliment, puis un frisson de confusion.

Si mon projet était si bien préparé et présenté, comment Mélanie McKay pouvait-elle remporter le concours avec son idée plutôt ordinaire ?

J'ai compris en baissant la main : c'est parce qu'elle s'était cassé le bras, **voilà pourquoi!**

Phie, qui lisait dans mes pensées, m'a chuchoté à l'oreille :

— Le directeur se sent mal parce qu'elle s'est blessée en tombant. **Eh oui!**

C'était si *injuste*. Pourquoi ne m'étais-
je pas cassé le bras, *moi* ?

Euh… Ce n'est pas tout à fait ce que
je voulais dire…

5

L'enthousiasme (secret) de Dylan

Maman et papa m'ont donné des instructions très strictes : je ne dois utiliser mon téléphone cellulaire qu'en cas d'urgence.

C'est parce qu'ils craignent que les ondes fassent fondre le cerveau des enfants. (Je suppose que le cerveau des adultes est plus résistant...)

Mais aujourd'hui, je devais l'utiliser

69

parce que c'était **vraiment** une urgence.

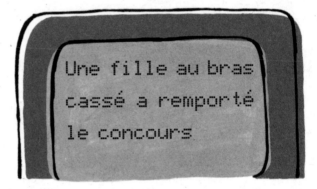

Ce lundi midi, j'ai donc envoyé un
message texte à Dylan :

(Comme on tient le téléphone loin
de la tête quand on tape un message
texte, je me suis dit que mes neurones
ne fondraient pas. À moins que mes
doigts, eux…)

Dylan, qui a reçu les mêmes instructions strictes de mon père et de *sa* mère,
m'a répondu tout de suite :

« C'est une très, TRÈS mauvaise nouvelle. »

Maman a ensuite réagi à la **très,
TRÈS** mauvaise nouvelle :

«Désolée, Indie. Je sais que Dylan et toi avez beaucoup travaillé. Mais veux-tu apprendre une bonne nouvelle? Quelqu'un vient de confier un chinchilla au refuge!»

Youpi !

Je sais trois choses sur Dylan :

A Il ne pourra jamais avoir un animal. (Sa maman a peur de tous les animaux, pas seulement des plus laids. Fiona crierait aussi fort devant un bébé hamster que devant un rhinocéros enragé.)

B Il est fou des animaux en général. (C'est pourquoi il adore venir chez moi et au refuge.)

C Il est particulièrement fou des chinchillas. (Même s'il n'en a jamais vu un de près.)

J'ai envoyé à Dylan un message texte d'(heureuse) urgence. Il m'a répondu : « Est-ce que je peux aller le voir ? »

Nous avons échangé quelques messages pour nous organiser : Caitlin m'accompagnerait au refuge après l'école et Fiona y déposerait Dylan.

Trois heures plus tard, nous attendions maman. Patiemment assis à la réception, je tuais le temps en inspectant mes doigts pour m'assurer qu'ils ne montraient aucun signe de désintégration à cause des messages textes.

— Je suis très excité ! a affirmé Dylan.

Ceux qui ne le connaissent pas auraient pu penser le

contraire parce qu'il se tenait parfaite
ment immobile sur sa chaise, sans aucune expression sur le visage.

J'ai aperçu Rose, la réceptionniste,
qui l'épiait par-dessus ses lunettes. Elle
devait se demander s'il était sarcastique,
mais ce n'était pas le cas.

— Voulez-vous savoir
quelque chose d'intéressant
sur les chinchillas ? a soudainement lancé Dylan à
tous ceux qui l'écoutaient.

— **Non !** a répondu
Caitlin sans lever le nez de
son magazine de musique.

— **Oui !** ai-je dit en même
temps que Rose.

— Les chinchillas poussent toutes sortes
de de cris : ils couinent, ils jappent même…

Dylan a été interrompu par maman qui venait de passer la porte battante, un perroquet tout **rond** à l'air timide perché sur son épaule.

Il se rentrait la tête dans le corps comme s'il voulait imiter une tortue.

Bonjour!

nous a salués maman.

— Ce n'est pas un chinchilla, a affirmé Dylan.

— Non, voici Ed. Il est très nerveux, a expliqué ma mère en flattant le ventre **rebondi** de l'oiseau. Il est tout le temps avec moi. Il ne veut voir personne d'autre.

Ed l'avait mordue énergiquement à son arrivée au refuge la semaine précédente, et maman portait encore un pansement au doigt.

Elle avait décidé de laisser le perroquet-dodo se percher sur son épaule jusqu'à ce qu'il devienne plus brave. Le seul problème, c'est qu'il était si lourd qu'elle commençait à marcher de travers.

— Il est un peu obèse, a lancé Dylan assez crûment, ce qui est malheureusement sa façon habituelle de parler.

— Son ancien maître le nourrissait de saucisses et de frites, ce qui est bien sûr très mauvais pour sa santé, a expliqué maman. Il suit maintenant un régime très strict de graines et de fruits.

— **Croaaaaak!** a crié Ed.

Ça voulait peut-être dire « Ne me traite pas de gros! » ou « Oooooh! j'ai tellement envie de bonnes frites! » en langue perroquet.

— Venez voir la nouvelle chèvre, a lancé maman avec enthousiasme en repassant par la porte battante.

— Oui, mais le chinch…

Maman l'a interrompu avec le sourire:

— Ne t'inquiète pas, on le verra en même temps que la chèvre.

Nous l'avons suivie en trottant : Dylan, secrètement enthousiaste, Caitlin, le nez toujours plongé dans son magazine, et moi.

— Et voici Napolitaine, a dit maman en nous laissant entrer dans l'abri des chiens (et de la chèvre).

— Pourquoi s'appelle-t-elle Napolitaine ? a demandé Dylan en fixant l'animal noir et blanc qui le fixait aussi.

— Parce qu'on l'a trouvée sur le boulevard Napolitain, a expliqué maman.

— Qu'est-ce qu'elle faisait là ?

Maman a poussé un de ces soupirs qu'elle pousse souvent lorsqu'elle pense à la cruauté envers les animaux :

— Eh bien, quelqu'un nous a appelés pour nous prévenir qu'il avait vu un homme arrêter sa fourgonnette et en sortir la chèvre avant de s'enfuir. C'est un vrai miracle qu'elle ne se soit pas fait écraser en pleine heure de pointe.

J'ai ajouté mon grain de sel :

— Vous savez, Napolitaine, c'est un peu long comme nom. Peut-être pourrait-on l'appeler Broutille puisqu'elle est en train de brouter le magazine de Caitlin.

— **Quoi ?** a crié Caitlin qui n'avait

pas remarqué que la chè-vre mastiquait sa revue.

Le moment m'a sem-blé bien choisi pour continuer jusqu'à la salle des petits mammifères où une boule de fourrure de la grosseur d'un pamplemousse tournoyait à une vitesse démente dans sa cage. Une vraie tornade en peluche avec des oreilles.

— Qu'est-ce qu'il fabrique, maman ?

— Molson est excité, c'est tout. Il veut avoir une friandise.

Caitlin a rapidement replié son magazine au cas où le chinchilla aimerait le papier lui aussi.

J'ai fait les gros yeux à maman :

— Tu l'as appelé Molson ?

— Le type chez qui il vivait lui a donné le nom d'une marque de bière,  m'a-t-elle expliqué, découragée. Il faudra qu'on lui trouve un nom beaucoup plus joli. Veux-tu le nourrir, Dylan ?

— Oui, s'il te plaît ! a balbutié Dylan, tout ému, pendant que maman sortait quelques raisins secs de l'une des innombrables poches de son pantalon.

— Ne lui en donne qu'un seul. C'est son aliment préféré, mais s'il en mange trop, il aura la diarrhée.

Ah *!* Comme les petits de maternelle et de première année à l'école…

En entendant le mot « diarrhée », Caitlin a eu un haut-le-cœur et est partie s'appuyer au mur à l'autre bout de la pièce pour lire tranquillement son magazine.

La boule de fourrure grise s'est immobilisée d'un coup, les yeux grands ouverts et les pattes agrippées aux barreaux de la cage. Dylan lui a offert le raisin… qu'elle a saisi délicatement, puis grignoté en une nanoseconde.

Ensuite, pour nous montrer à quel point il était heureux, Molson s'est mis à sauter d'un bout à l'autre de sa cage, comme une balle de peluche montée sur un ressort.

Dylan, complètement séduit, a soupiré:

— C'est l'animal le plus mignon que j'ai jamais vu…

— Ce n'est pas ce que pensaient ses anciens maîtres, a dit maman. Puisque c'est un animal nocturne, il les dérangeait en poussant des cris aigus en pleine nuit.

Croaaaaak!

J'ai rapidement tourné la tête pour suivre le bruit de battements d'ailes.

À l'aide !

— C'est tout un honneur, Caitlin ! Tu es la seule autre personne qu'il approche, a observé maman émerveillée.

Caitlin, elle, ne semblait pas très honorée. Elle paraissait plutôt terrorisée et embarrassée. Ed le perroquet s'était perché sur sa tête. Nous avions devant nous une ado-perchoir terrorisée et embarrassée.

Quelque chose m'a frappée au même instant (heureusement que c'était une idée, pas un objet). J'ai arrêté tout à coup de m'en faire à propos de l'injustice de la kermesse.

Des animaux maltraités, **ÇA**, c'est vraiment

injuste. En rencontrant Ed, Napolitaine et Molson, j'ai pu tout mettre… euh… c'est quoi déjà le grand mot que Phie utilise ? Vous savez lorsque vous décidez ce qui est important et ce qui ne l'est pas ?

Et ce qui importait le plus à ce moment, c'était de desserrer une paire de pattes solidement agrippées à la chevelure de ma gardienne.

6
Des félicitations pour Indie !

— Il me fixe…
So essayait de me rassurer :
— Il ne te fixe pas, Indie !
Je n'étais pas folle : je le sais bien quand on me regarde méchamment.

En ce mardi après-midi, toute la classe se trouvait dans le gymnase de l'école pour peindre des décorations de cirque sur du carton pour la kermesse de samedi. Le comptoir des gâteaux et des rafraîchissements allait aussi y être installé. (**Miam**...)

So et moi étions en train de peindre un chapiteau rayé rouge et blanc pour encadrer la porte du gymnase.

— Indie, un trampoline ne peut pas fixer quelqu'un. C'est un objet inanimé! a soupiré Phie.

Phie connaît vraiment un tas de mots, comme « inanimé » et « perspective », celui que je cherchais la veille. Par contre, elle ne connaît pas grand-chose à l'art.

— Euh… Phie? Qu'est-ce que c'est censé être? lui ai-je demandé en penchant la tête de côté dans l'espoir de découvrir ce qu'elle avait peint.

ça n'a rien donné.

— C'est un trapéziste, a répondu mon amie en pointant son pinceau vers une grosse tache noire au bout de deux lignes jaunes.

J'étais contente qu'elle m'explique, parce que je m'apprêtais à dire que ça ressemblait à une abeille en train de perdre ses rayures, même si je me doutais bien qu'il n'y avait pas beaucoup d'abeilles acrobates au cirque.

— Eh! regardez ça! nous a interrompues So en montrant Mlle Lévi qui accrochait au mur du fond une rangée de clowns qui **culbutaient, jonglaient** et **grimaçaient.**

Les élèves de sixième année les avaient peints le matin sur des cartons et les avaient empilés le long du couloir menant au gymnase.

(J'en avais frappé un en reculant – un clown, pas un élève de sixième – pour éviter Simon Levert qui me fonçait droit dessus. Par chance, le nez et les grands pieds du clown étaient intacts lorsque je m'étais retournée pour vérifier.)

Je faisais de gros efforts pour être enthousiasmée par le thème du cirque :

— Ils sont vraiment réussis!

Après tout, on allait avoir du plaisir à cette kermesse, même si elle n'avait rien d'écologique (snif!).

Et puis je voyais que tout le monde s'amusait bien en préparant la fête. Mes copains bavardaient et rigolaient tant que je ne pouvais pas rester de mauvaise humeur même si j'avais perdu le concours.

Mlle Lévi a soudain regardé autour d'elle comme si elle cherchait de l'aide, puis elle a crié :

— Ah, Simon! Viendrais-tu me donner un coup de main?

Simon Levert a semblé trouver sa demande très, très drôle. Qui sait pourquoi?

Peut-être seulement, ainsi que je l'ai déjà dit, parce que tout le monde était de bonne humeur. Ou peut-être seulement parce que c'est Simon Levert et qu'il n'est qu'une grosse nouille.

— Excusez-moi, mademoiselle Lévi, je ne peux pas vous aider pour le moment, a-t-il lancé entre deux ricanements. Mais *Indie* peut vous donner un coup de main !

Notre enseignante lui a jeté un drôle de regard. Elle était contrariée, sauf qu'elle n'avait pas le temps de discuter avec lui parce qu'elle essayait d'accrocher un clown qui perdait dangereusement l'équilibre.

Elle s'est plutôt adressée à moi :

— Indie ! Peux-tu tenir cela, s'il te plaît ?

— J'arrive !

Trois choses se sont produites pendant que j'accourais vers elle :

1) Simon Levert et ses copains ont éclaté de rire. (hein ?)

2) Simon Levert a crié : « Donnez tous un coup de main à Indie ! » (HEIN ?)

3) Plein de gens m'ont tendu la main en riant eux aussi. (HEIN ?)

Je me suis retournée pour regarder les autres élèves en essayant de deviner ce qui se passait.

Je n'ai pas pu.

Après quelques pas à reculons, j'ai rejoint Mlle Lévi. Oh là là ! elle riait, **elle aussi** !

Mais qu'est-ce qui se passait ?

— Euh… Indie, je crois que tu as dû t'asseoir ou te pencher sur de la peinture fraîche, m'a-t-elle expliqué en tendant le doigt vers mon…

Quelle honte !

Elle indiquait mon derrière !

Je me suis **tortillée** et j'ai aperçu sur mes fesses l'empreinte géante d'une main de clown.

Grrr!

L'incident avait dû se produire lorsque Simon Levert m'avait poussée dans le corridor. Depuis une heure, je croyais que tous les élèves riaient parce qu'ils étaient de bonne humeur, mais en réalité c'était parce que j'avais une main blanche **vraiment grosse** peinte sur le derrière de mon plus beau jean.

Pourquoi ça m'arrivait à moi ?

Oumf... Le trampoline m'avait peut-être jeté un mauvais sort. Je savais bien qu'il ne m'aimait pas.

Ou peut-être que c'était seulement une autre injustice.

Le pouvoir de la politesse

c'est très mal de soudoyer quelqu'un.

Mais c'est acceptable de soudoyer son père si c'est pour une bonne cause.

— Combien as-tu dit qu'ils coûtent ? m'a demandé papa en gardant l'œil sur la route, puisque nous étions dans la voiture.

— Cinquante sous, ai-je répondu en tenant une enveloppe blanche remplie

de billets pour le tirage de la kermesse de l'école.

— Est-ce que je pourrais retourner voir le chinchilla ? a voulu savoir Dylan qui était assis à côté de moi.

Papa et moi l'avons ignoré. Dylan était obsédé par Molson le chinchilla depuis qu'il l'avait rencontré la veille. Il m'avait envoyé neuf messages textes et deux courriels, et il avait appelé maman pour lui en parler.

Et puisque Dy-lan vit avec papa et Fiona, ils l'avaient pro-bablement entendu eux aussi parler **sans arrêt** de la mignonne boule de poils.

Papa m'a annoncé avec enthousiasme :

— Eh bien, je vais t'acheter… dix billets !

J'ai poussé un cri de surprise :

— **Dix ! Seulement dix ?** Papa, ces billets vont servir à recueillir de l'argent pour une cause très impor-tante !

Même si personne ne l'écoutait, Dylan persistait avec son idée fixe :

— Je pourrais arrêter au refuge lorsque nous irons reconduire Indie chez elle après le repas et aller saluer le chinchilla vite, vite !

— Oui, Indie, a enchaîné papa, mais tu m'as expliqué que cette cause très importante était le gymnase et tu n'as jamais été très portée sur le sport, non ?

Papa avait raison, sauf que j'aimais la compétition. Même si j'avais décidé de ne pas être déçue du thème choisi pour la fête de l'école, j'espérais remporter le certificat de **Félicitations !** que M. Ioannou allait remettre au meilleur vendeur de billets de tirage.

— Et puis ça coûtera cinq dollars, Indie. C'est déjà beaucoup ! m'a fait remarquer papa.

Dylan, tout content, continuait à discuter avec lui-même :

— Saviez-vous qu'un poil humain équivaut à seize poils de chinchilla ? C'est pour ça qu'il est tout mignon et qu'il a une fourrure si douce.

— S'il te plaît, papa, achètes-en plus ! J'adorerais être la meilleure vendeuse. S'il te plaît, papa !

— Tu sais, Indie, je crois vraiment que cinq dollars, c'est suf…

— **S'IL TE PLAÎT, S'IL TE PLAÎT, S'IL TE PLAÎT, S'IL TE PLAÎT, S'IL TE PLAÎT, S'IL TE PLAÎT !**

Dylan m'a jeté un coup d'œil et s'est rendu compte que j'avais trouvé un truc.

— Est-ce que je pourrais arrêter voir le chinchilla quand on ira reconduire Indie chez elle ? **S'IL TE PLAÎT, S'IL TE PLAÎT, S'IL TE PLAÎT, S'IL TE PLAÎT, S'IL TE PLAÎT!**

Pauvre papa. Une pizza et un lait frappé plus tard, nous étions en route vers le refuge.

Notre tempête de « s'il te plaît » avait très bien fonctionné. Papa avait promis à Dylan qu'ils iraient passer quinze minutes avec Molson et il s'était engagé à m'acheter pour **vingt dollars** de billets de tirage !

J'avais pratiquement déjà gagné le certificat de **Félicitations!** Tout le monde m'applaudirait et me complimenterait !

(Et, cette fois, les élèves ne se moqueraient pas de moi comme quand j'avais eu une empreinte de main de clown sur le derrière !)

Je savais que je pourrais aussi vendre des billets à Mme O'Neill et à d'autres voisins. Et au refuge, Rose la réceptionniste et certains des aides-vétérinaires et des animaliers en achèteraient sûrement quelques-uns.

Pour les attendrir, j'imiterais le regard implorant de Beignet quand il veut que je lui donne une croustille.

Et bien sûr, il y avait maman qui...

— Oh, qu'est-ce qui se passe ? a dit papa d'une voix qui se voulait calme, mais qui trahissait sa panique.

Flouche! J'ai moi aussi senti une vague de panique m'envahir en apercevant deux camions de pompiers garés devant le refuge Le cœur sur la patte.

J'ai eu très peur :

— Maman ! Et tous les animaux !

— Molson ! a marmonné Dylan d'une voix tremblotante.

Papa a essayé de nous rassurer en garant la voiture :

— C'est peut-être seulement un exercice d'évacuation.

— Avec de la vraie fumée ? a demandé Dylan pendant que nous regardions le nuage gris pâle qui flottait au-dessus du refuge.

Tout est allé très vite. On a entendu l'enveloppe pleine de billets que je

glissais dans la poche arrière de mon jean (**scouiche**), trois ceintures de sécurité qu'on déboucle (**clac, clac, clac**), les portières de l'auto (**bang, bang, bang**) puis trois paires de pieds qui se précipitaient vers l'immeuble (**tap, tap, tap**).

Debout derrière le comptoir de la réception, Rose s'est empressée de nous rassurer dès que nous sommes entrés :

— Indie, tout va bien. Ta maman est dans le chenil si tu veux aller…

Je n'ai pas attendu qu'elle termine sa phrase pour m'y précipiter à toute vitesse, Dylan et papa sur les talons.

La porte du chenil a claqué avec un grand **paf!**, puis nous avons vu maman en pleine conversation avec un pompier. Elle tenait Napolitaine par la laisse tandis qu'Ed le perroquet était lourdement perché sur son épaule. Il enlevait avec son bec un brin de paille emmêlé dans les cheveux blonds de maman.

Je n'ai pas pu m'empêcher de crier de soulagement en l'apercevant saine et sauve :

— Maman !

— Indie chérie ! s'est-elle exclamée tout en souriant à Dylan et en saluant mon père de la main.

— Bon, eh bien, je dois partir, a dit le pompier en rajustant son gros casque jaune.

C'était bon signe : s'il s'en allait, c'est qu'il n'y avait plus de danger.

Mais que s'était-il passé exactement ? Je me suis écriée :

— Est-ce qu'il y a des animaux blessés ?

— Non, rien ni personne n'a été blessé. Un court-circuit a provoqué un petit feu dans la section des chats, mais il a été éteint très vite. Tous les chats sont sains et saufs, même s'ils devront manger à la chandelle ce soir !

Dylan, qui clignait des yeux avec inquiétude, lui a demandé :

— Est-ce que Molson est blessé ?

Maman a répondu d'un **drôle** d'air :

— Ah, Molson…

— Est-ce qu'il va bien ? a répété papa en posant les mains sur les épaules de Dylan pour le réconforter, au cas où maman s'apprêtait à lui annoncer une mauvaise nouvelle.

— Oui, a-t-elle répondu rapidement.

Fiou !

— Seulement, il nous a causé quelques problèmes. Il s'est échappé de sa cage, s'est faufilé jusqu'à la boîte de fusibles et il a grignoté les câbles.

— Pourquoi a-t-il fait ça ? lui ai-je demandé.

— Il pensait peut-être qu'ils goûteraient

les raisins secs ? a suggéré Dylan en regardant ma mère avec beaucoup de sérieux.

Ma mère a haussé les épaules, ce qui était plutôt difficile avec un perroquet obèse perché sur elle :

— Peut-être bien...

— Alors c'est Molson qui a provoqué l'incendie dans l'enclos des chats ? ai-je résumé pour m'assurer que j'avais bien compris ce qu'elle disait.

— **Eh oui !** Ses mignonnes petites pattes semblent très douées pour ouvrir les serrures des cages !

Dylan a tenu à mettre son grain de sel en nous communiquant, mais un peu trop tard, une information utile :

— Les chinchillas sont reconnus pour leurs pattes très agiles.

— Pourrez-vous réparer les dégâts ? s'est informé papa.

— La bonne nouvelle, c'est qu'on pourra facilement remplacer la boîte de fusibles et les fils. La mauvaise, c'est que tout le câblage de la zone des chats semble très vieux et que ça coûtera très cher pour le remplacer.

Oh ! oh... Le refuge n'avait jamais eu beaucoup d'argent. Comment pourrait-il payer les travaux ?

— Indie…

— Quoi ?

J'ai fait les gros yeux à Dylan parce que j'étais persuadée qu'il allait me sortir une autre anecdote stupide sur les chinchillas alors qu'il y avait un problème beaucoup plus grave à régler.

— Je pense que la chèvre a bouffé tes billets.

Grrrr...

Un petit bout d'enveloppe blanche dépassait encore de la mâchoire de Napolitaine qui mâchouillait gaiement l'équivalent de soixante dollars en billets de tirage.

J'ai soudain eu l'intuition que M. Ioannou ne m'inviterait pas à monter sur la scène le lundi suivant pour recevoir mon certificat de **Félicitations !**

8

Une idée (vraiment) fantastique

J'ai eu un **éclair** de génie à deux heures du matin. (En réalité, il était plutôt deux heures neuf, sauf que ça ne sonne pas aussi dramatique de dire

« J'ai eu un **éclair** de génie à deux heures neuf du matin. »)

Après avoir frôlé la catastrophe au refuge, j'ai fait un très gros cauchemar. Tous les animaux couraient un grave danger parce qu'ils étaient coincés dans leurs cages, mais l'eau qui sortait des tuyaux des pompiers s'était transformée en pluie de billets de tirage.

Dans mon rêve, Napolitaine me bloquait la route et essayait d'attraper les petits papiers au vol et les manger.

Je me suis réveillée tout entortillée dans mon édredon orangé (je ressemblais à un tortillon au fromage) tandis que Kenneth, mon scotch-terrier, me léchait le visage.

J'ai allumé ma lampe de chevet et je me suis assise en attendant que mon cœur arrête de faire **poum-poum-poum** à toute vitesse. J'ai regardé la ménagerie (vous voyez, moi aussi, je connais de grands mots) autour de moi. Les trois chiens étaient étendus sur, à côté ou dans mon lit (la grosse bosse orange à mes pieds, c'était Beignet).

Ma chatte Galette était recroquevillée sur la pile de vête-ments que j'aurais dû mettre dans le panier à linge.

Et puis il y avait toutes les autres bêtes.

Je supposais que nos poissons (Un, Deux, Trois, Quatre, Cinq, Cinq-et-demi et Brian) étaient en train de nager en **swouchant** dans leur aquarium au rez-de-chaussée.

Maman avait ramené Molson à la maison pour garder un œil sur lui. Il dormait probablement roulé en boule dans sa cage temporaire dans la cuisine

(à moins qu'il ait réussi à ouvrir le cadenas et à gruger le gros ruban adhésif qui tenait la porte fermée).

Quoi qu'il en soit, je regardais mes animaux et je pensais à eux lorsque j'ai eu cet éclair de génie.

Voici comment c'est arrivé…

Premièrement, je me suis rendu compte que, depuis quelques jours, je me plaignais (sans arrêt) des injustices de la vie, comme si je n'avais pas de chance. En réalité, même si j'avais été plutôt *malchanceuse* parce que j'avais été avalée par le trampoline et parce que j'avais perdu le concours à cause d'une fille au bras cassé, j'étais chanceuse à cent pour cent de vivre avec tous ces animaux **vraiment fantastiques**.

C'est ce qui m'a donné une **idée vraiment fantastique !** (Ne vous inquiétez pas, vous comprendrez tout très bientôt.)

Le seul problème, c'est que j'ignorais si le directeur de l'école allait penser, lui aussi, que c'était une **idée vraiment fantastique** (même après lui avoir expliqué en quoi elle était si fantastique).

— Tu n'as qu'à frapper ! a insisté Phie tandis que nous étions à la porte du bureau de M. Ioannou à midi le lendemain.

Je crois que Phie ne voulait pas que je perde de temps parce que :

A Elle savait que j'étais si nerveuse que je risquais de me dégonfler.

B On servait des burritos à la cantine et elle voulait qu'il en reste.

J'ai tenté de m'en sortir en marmonnant :

— Peut-être que M. Ioannou est parti manger ?

— Non, a chuchoté So, l'oreille collée sur la porte. Je peux l'entendre. Il chante *Danse avec moi* de Lady Lili.

Ça aurait dû être un bon présage, puisque c'est aussi une de mes chansons préférées, mais j'étais vraiment nerveuse. J'ai marmonné d'un ton de **fille dégonflée** :

— J'aurais dû me contenter d'expliquer mon idée à Mlle Lévi.

Elle avait été très gentille avec moi le matin. Elle m'avait dit de ne pas m'inquiéter pour les billets qui se trouvaient dans l'estomac de la chèvre. La secrétaire de l'école m'en remettrait d'autres.

Phie m'a parlé d'un ton sévère :

— Ne sois pas ridicule, Indie, nous en avons discuté. La kermesse est dans trois jours, alors on n'a pas de temps à perdre ! Allez, exerce-toi encore à faire ton regard implorant !

J'ai pensé à Beignet pour prendre une expression mignonne et pleine d'espoir :

— Bien. Maintenant, tu n'as qu'à frapper…

Aaaaaah!

La porte s'est ouverte toute seule !

Nous étions pétrifiées, So, Phie et moi, avec mon air de Beignet. M. Ioannou nous a regardées et a demandé :

— Qu'est-ce que je peux faire pour vous, mesdemoiselles ?

oh! oh! Je ne pouvais pas parler. J'étais paralysée. Les mots n'ont pas voulu sortir de ma bouche, même lorsque So et Phie m'ont donné des coups de coude dans les côtes.

Phie a poussé un soupir parce que je laissais passer une occasion **vraiment fantastique**, sans oublier qu'on risquait de ne pas manger de burritos.

So a brisé la glace :

— Vous savez, plein d'enfants n'ont pas la chance d'avoir des animaux.

— En effet, a dit M. Ioannou, intrigué.

Il regrettait probablement de ne pas être resté dans son bureau à chanter les grands succès de Lady Lili.

— Et ce serait formidable s'ils avaient la chance d'en voir de près, d'en flatter et tout ça ! a ajouté So sans être vraiment plus claire.

Pourtant, elle était meilleure que moi.

M. Ioannou s'est gratté la tête pour essayer de comprendre :

— Hum… J'imagine que ce serait une bonne chose !

Phie a plongé :

— Exactement ! Alors Indie a pensé qu'on pourrait peut-être aménager un minizoo à la kermesse samedi. Sa maman pourrait amener plein d'animaux *mignons comme tout*, qui vivent au refuge où elle travaille !

Phie m'a regardée, le visage rayonnant, en espérant que je poursuive. Mais non. Je m'étais transformée en statue humaine avec un visage de chien implorant.

— Oh, a marmonné M. Ioannou. Eh bien, cela me semble…

— Ce serait très amusant et on

amasserait plein d'argent pour le gymnase si on demandait cinquante cents pour flatter une chèvre ou quelque chose comme ça, a poursuivi Phie lorsqu'elle s'est rendu compte que je ne parviendrais jamais à expliquer mon **idée vraiment fantastique**.

— Et il y a eu un incendie au refuge et ils n'ont pas d'argent pour le réparer, a bafouillé So.

— Attendez un instant: l'argent récolté devra servir à financer le nouveau gymnase de l'école, a dit le directeur en réfléchissant. Ce serait beaucoup trop compliqué de demander aux visiteurs de donner à la fois à l'école *et* au refuge…

— Oh non! l'a interrompu Phie. Indie a simplement cru qu'on pourrait

le faire pour la publicité. Les gens voudront en apprendre plus sur le refuge s'ils s'amusent à notre zoo !

— Hum. Indie, cela me semble… intéressant, a dit M. Ioannou en me regardant, même si j'étais restée muette. Mais je crains que ce soit trop compliqué à organiser en si peu de temps vu que…

J'ai fini par retrouver la voix :

— Tenez, lui ai-je ordonné en lui tendant mon téléphone cellulaire à-utiliser-en-cas-d'urgence-seulement.

J'avais déjà composé le numéro pour joindre maman au travail.

— Euh… bonjour ! Je parle bien à madame Kidd ? a demandé le directeur avec méfiance.

— Euh… oui ? a répondu ma mère d'un ton aussi méfiant puisque je ne lui avais pas parlé de mon **idée Vraiment fantastique.**

Mais comment M. Ioannou et maman pourraient-ils résister à une idée aussi extraordinaire pour amasser de l'argent et faire de la publicité ?

J'étais très excitée !

À ce moment-là, j'ai eu une envie folle de courir à la table de bricolage de la classe pour me fabriquer mon propre certificat de **Félicitations !**

9

Les chaussettes de protection

Molson le chinchilla était béat de béatitude. Pourquoi ? Parce que Dylan le flattait sous le menton. D'ailleurs, Dylan aussi était béat de béatitude.

— Hé ! Est-ce que le perroquet va venir ? a demandé Caitlin en entrant lourdement dans la cuisine avec ses nouvelles bottes de motard.

— Ce n'est pas un perroquet, c'est un chinchilla, a précisé Dylan.

Caitlin a levé les yeux au ciel avant de les poser sur moi.

J'ai répondu à son air interrogateur :

— Oui, maman va amener Ed. Elle pense que ça pourrait l'aider à perdre sa timidité et à être plus sociable.

Nous étions samedi matin, quelques heures avant le début de la kermesse. Nous devions être à l'école quinze minutes plus tard pour installer notre minizoo.

Maman devait passer au refuge avant de nous rejoindre à l'école.

Dans sa minifourgonnette, il y aurait Napolitaine la chèvre, Éric le mouton, Charlie et Lola les lapins aux oreilles pendantes, quatre cochons d'Inde dont j'ai oublié les noms, Snoopy l'iguane et Ed le perroquet.

Papa allait nous conduire, avec Beignet, Kenneth et Georges. Et Molson, bien sûr, en espérant qu'il ne se sentirait pas trop noctambule.

Coincés dans l'auto, il y aurait aussi Dylan, qui voulait nous aider même s'il ne va pas à mon école, et Caitlin, du moins jusqu'à ce qu'elle apprenne qu'Ed serait des nôtres.

— Mais qu'est-ce qui se passe ? a demandé papa en voyant que Caitlin faisait volte-face et retournait **lourdement** à sa chambre.

Il était mal à l'aise, perché sur le bout de sa chaise dans notre cuisine. Papa semble toujours mal à l'aise lorsqu'il est chez maman, même si c'était aussi chez lui avant.

Je lui ai expliqué le problème :

— Ed le perroquet a beaucoup d'affection pour Caitlin, mais elle, elle ne l'aime pas beaucoup.

Hum... C'est un peu comme le trampoline et moi, sauf que lui, il m'a *avalé* la jambe alors qu'Ed se contente de picorer la tête de Caitlin. (L'autre jour, nous avons dû nous y prendre à deux, maman et moi, pour la libérer des pattes du perroquet. Caitlin avait l'impression d'avoir des agrafes plein la tête.)

— Nous devons partir très bientôt, a dit papa en regardant sa montre et en se demandant probablement si Caitlin voulait toujours venir puisqu'il entendait de la musique rock jouer **à tue-tête** dans sa chambre.

Mon père a toujours l'œil sur sa montre le samedi parce que c'est sa journée la plus occupée. Par chance, le premier mariage de la journée avait été annulé (mais pas de chance pour le futur marié : sa fiancée avait changé d'idée).

Papa pouvait donc nous aider jusqu'au premier de ses deux mariages de l'après-midi.

— Dylan, tu ferais bien de mettre Molson dans sa cage maintenant, ai-je dit à mon demi-frère.

Je savais qu'il nous faudrait quelques minutes pour refermer la cage avec le cadenas et le ruban adhésif.

Après l'avoir gardé à la maison durant quelques jours, maman avait conclu que Molson était un animal superintelligent qui voulait s'échapper simplement parce qu'il s'ennuyait. Selon elle, il avait besoin d'une cage plus grande et plus solide, remplie de jouets pour le stimuler. Mais ce ne serait pas

pour bientôt puisqu'il ne restait que deux dollars dans le compte de banque du refuge, à cause des travaux d'électricité.

— **Je suis prêt!** a annoncé Dylan juste avant de se rendre compte qu'il avait coincé le lacet de son chandail à capuchon dans le ruban adhésif fixé à la cage.

— **Je suis prête!** a lancé Caitlin en revenant dans la cuisine, coiffée d'un drôle de bonnet de laine tout bosselé.

Normalement, elle porte son grand bonnet mauve sur le côté, ce qui lui donne un super style.

Mais là, elle avait l'air **bizarre!**

Son allure m'intriguait :

— Caitlin, qu'est-ce que tu as sur la tête ?

(Du coin de l'œil, j'apercevais Dylan qui se démenait pour se déprendre, observé de près par trois chiens et un chinchilla curieux.)

— À peu près tout le contenu de mon tiroir de chaussettes, a expliqué Caitlin en tapotant son bonnet. C'est pour me protéger des griffes du perroquet.

— Pourquoi n'as-tu pas mis un seul vêtement ? lui ai-je demandé en regardant les bosses sur sa tête.

— J'ai bien essayé, mais les chaussettes donnent une apparence plus

naturelle, m'a-t-elle répondu d'un ton désinvolte, comme si cela allait de soi.

J'ai regardé son couvre-chef à nouveau, en songeant que ça avait l'air exactement du contraire. On aurait juré qu'elle y cachait une colonie d'extraterrestres nains. Ou bien une douzaine de chatons endormis.

— Bon, allons-y, a dit papa en fixant la tête de Caitlin avec méfiance. Il faut caser tout le monde dans l'auto, en plus du bonnet de Caitlin…

Youpi !

Nous étions en route (après avoir coupé le lacet qui retenait Dylan à la cage).

J'étais sûre qu'on se préparait à vivre

une journée très amusante et à amasser un tas d'argent pour l'école et à faire de la publicité pour le refuge.

Je ne me plaindrais plus d'injustice parce que cette journée s'annonçait formidable. Oh oui !

N'est-ce pas ?

10

Je gagne… et c'est tellement injuste !

Scouiiiiiiit !

— Fais attention ! Ne le serre pas trop fort !

J'ai dû mettre en garde la fillette qui écrasait amoureusement Laitue le cochon d'Inde contre sa poitrine.

— Mais il est siiiiiiiiiiii mignon ! a répliqué la petite de quatre ans en agrippant l'animal avec la force d'un dé-ménageur.

— Oui, bien sûr, lui ai-je répondu gentiment mais fermement en déta-chant ses doigts de l'animal.

Je me disais que Laitue ne serait pas si mignon s'il mourait.

— **Ooooh!** a marmonné la petite en se rendant compte que son tour était terminé. Est-ce que je peux lui faire un dernier câlin ?

Je lui ai montré So, debout à l'entrée de l'« enclos » Le cœur sur la patte :

— Tu dois donner plus d'argent à cette fille.

Notre minizoo était une grande réussite à la kermesse de l'école. Une longue file de gens attendaient pour entrer.

Pour cinquante cents, ils pouvaient :

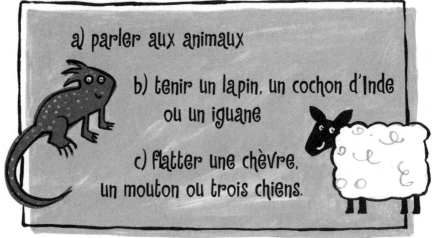

a) parler aux animaux

b) tenir un lapin, un cochon d'Inde ou un iguane

c) flatter une chèvre, un mouton ou trois chiens.

Comme Molson le chinchilla est un peu plus sauvage que Beignet, par exemple, les visiteurs ne pouvaient pas le flatter ni le tenir dans leurs bras. Mais pour cinquante cents, ils pouvaient sug-

gérer un nouveau nom.
(Dylan s'occupait de cette
activité. Il recueillait
l'argent et notait très
soigneusement les pro-
positions des visiteurs
en sortant le bout de la
langue pour mieux se
concentrer.)

— À boire pour
tout le monde! a an-
noncé papa en pénétrant dans l'enclos.
Il a offert un rafraîchissement à So tout
en tenant en équilibre des verres en
carton pour nous tous.

— Merci, papa! ai-je dit en me
servant pendant que l'écrabouilleuse de
cochon d'Inde s'éloignait en boudant.

Mon père a tendu une boisson à ma

mère, à Caitlin et à Dylan en propo-
sant:

— Vous savez, je peux rester encore
quinze minutes et vous remplacer ici
pendant que vous allez visiter les autres
stands!

— Bien sûr! si Dylan, So ou toi
voulez aller vous promener, il n'y a
absolument aucun problème! a ajouté maman en surveillant d'un œil les
petits enfants qui riaient en donnant à
manger à Éric le mouton et à Napolitaine la chèvre.

Ed le perroquet était solidement

perché sur son épaule et me
regardait avec timidité,
comme s'il attendait ma
réponse.

J'ai haussé les épaules :

— Je n'y tiens pas vrai-
ment.

— Moi non plus ! a crié So.

— Et moi non plus ! a lancé Dylan.

Nous avions beaucoup trop de plaisir
avec les animaux pour vouloir
jouer à attrape-le-
canard ou nous
attarder devant
le stand de gâteaux maison.

Papa a laissé le champ libre à
un groupe qui entrait en poussant
des **oooh!** et des **aaah!** en apercevant les animaux, puis a poursuivi :

— Écoutez, j'ai une autre idée pour amasser encore plus d'argent pour l'école.

— Ah oui ?

J'ai regardé mon père après avoir déposé le pauvre Laitue tout écrasé dans sa cage pour qu'il reprenne des forces. J'ai sorti Pomme, Carotte et Céleri, les autres cochons d'Inde, pour trois petits garçons souriants qui attendaient leur tour.

Mon père a expliqué son idée :

— Oui, j'ai pensé qu'on pourrait organiser un concours pour deviner ce qu'il y a sous le bonnet de Caitlin ! Elle irait jouer du didjeridou chez le gagnant.

Je riais tant que les cochons d'Inde se sont mis à gigoter dans mes bras.

Caitlin, qui surveillait nos chiens et

Snoopy l'iguane, a jeté à papa un regard méprisant en secouant la tête.

Cela nous a fait rire encore plus, papa et moi, puisque le drôle de bonnet de ma gardienne ~~tremblait~~.

— Indie ?

Je me suis retournée pour voir qui parlait.

C'était Mlle Lévi. Elle avait un grand sourire aux lèvres et un gros hot dog à la main.

— C'est **fantastique!** s'est-elle exclamée en regardant notre mini-zoo rempli de visiteurs. La file est plus longue ici

que pour les maquillages et pour les jeux gonflables !

Mlle Lévi était différente ce jour-là : elle portait un jean et une très jolie blouse ornée de fils brillants. En réalité, elle ne se ressemblait pas vraiment.

J'ai marmonné un « merci » timide.

C'est bizarre comme on peut se sentir intimidé lorsqu'on voit son enseignante un jour de congé. Mais c'est peut-être moi qui suis trop gênée.

— Je vous présente mes parents, ai-je dit en montrant ma mère (avec le perroquet perché sur son épaule) et mon père (qui a tendu la main à

Mlle Lévi en ne se rendant pas compte qu'elle tenait un hot dog).

C'était un peu stupide de lui présenter mes parents puisqu'elle les avait déjà vus aux rencontres de bulletin et tout ça.

Hum...

Mlle Lévi ne s'en est pas formalisée. Elle a changé son hot dog de main pour serrer celle de mon père :

— Bonjour, vous deux ! J'espère que cela vous fera une belle publicité pour le refuge, madame Kidd. Je viens d'apercevoir Phie qui distribue des dépliants à tout le monde !

— Et voici encore plus de publicité ! a annoncé papa en sortant son appareil photo de son sac. Mademoiselle Lévi... Indie... Lynne... Pourriez-vous vous serrer un peu pour que je vous prenne en photo? On va la publier la semaine prochaine dans le journal pour lequel je travaille!

Nous nous sommes serrées avec Ed le perroquet (bien entendu) et Napolitaine la chèvre.

Je me sentais un peu bizarre de me retrouver ainsi écrasée contre mon enseignante. Aussi bizarre que si papa était venu nous faire la classe. Elle sentait bon, par contre. Un parfum de fleurs et de saucisse fumée.

— Vous êtes prêtes? a demandé papa. Souriez!

On a entendu trois bruits différents
exactement en
même temps.

Le **« ooh ! »** sortait de la bouche
de Mlle Lévi parce que Napolitaine
s'était étiré le cou pour prendre un morceau de son hot dog, en même temps
qu'une bouchée de son joli corsage.

Le **« gloup! »**, c'était le bruit du
hot dog (et du morceau de chemise)
avalé tout rond.

Et le **« clic! »**, c'était le  bruit de l'appareil de papa qui immortalisait la scène.

Il y a ensuite eu un quatrième bruit : le tintement des pièces de monnaie que papa a sorties de sa poche :

— Oups ! Laissez-moi vous en acheter un autre, a-t-il dit à Mlle Lévi.

Il ne parlait pas d'un corsage, mais d'un hot dog.

— Je suis vraiment désolée ! s'est excusée maman en tirant Napolitaine par la laisse.

La chèvre continuait à mastiquer allègrement et des fils brillants lui pendaient des lèvres.

— Ne vous inquiétez pas, c'est une vieille blouse. Honnêtement, ce n'est pas grave, a dit Mlle Lévi sur un ton qui signifiait le contraire.

Oh non!

Est-ce que les enseignants peuvent expulser un élève pour une gaffe comme celle-là ?

Trois heures et dix minutes après la disparition du hot-dog-et-de-la-manche, mes joues avaient repris, je l'espérais, une teinte normale et n'étaient plus rose vif.

Je n'avais pas vraiment eu le temps d'avoir honte. La file pour visiter notre minizoo commençait à peine à diminuer.

Mme O'Neill s'est approchée de nous pour bavarder gaiement :

— Indie, c'est vraiment adorable ce que vous faites !

Elle arrivait du casse-croûte où elle s'était offert un **deuxième** cornet de crème glacée.

C'est ainsi qu'elle célébrait sa chance à la tombola. Elle semblait vraiment contente d'avoir gagné une épilation de sourcils au salon de beauté du quartier.

— Es-tu allée dans les jeux gonfla-bles, Indie ? Si j'avais la moitié de mon âge, je serais bien tentée d'essayer ! a gloussé ma voisine.

— Je n'ai pas pu, j'ai été occupée ici tout l'après-midi, lui ai-je expliqué en désignant les animaux derrière moi.

— Trop occupée ? Mais vous, les jeunes, vous manquez ce qu'il y a de plus **amusant!** s'est étonnée Mme O'Neill. Il y a un tirage et toutes sortes d'activités !

Je ne le lui ai pas dit, mais je ne manquais pas grand-chose: on pouvait gagner des petites cu-lottes pour dames (qui provenaient de la boutique de sous-vêtements),

 une bouteille de digestif (non merci !) et un assortiment d'articles de toilette pour hommes (inutile).

Et comment oublier le prix le plus fou de tous ?

 **Imaginez :** on pouvait gagner Mlle Lévi ! Il ne s'agissait pas de la garder pour toujours à la maison. Elle offrait plutôt de venir chez le gagnant pour le border et lui raconter une histoire.

(C'était un prix génial pour les petits de la garderie ou de la maternelle, mais **à mourir de honte** pour les plus de six ans.)

Mlle Lévi avait parlé de tout ça à papa pendant qu'il l'accompagnait pour qu'elle s'achète un autre hot dog. Elle espérait que je n'étais pas gênée de ce que Napolitaine avait fait. Mon père lui a assuré que je m'en remettrais, ce qui était un gros, gros mensonge. Je ne savais pas comment je pourrais regarder Mlle Lévi le lundi en classe. J'avais déjà des nœuds dans le ventre rien qu'à y penser.

Pour me changer les idées, je me suis adressée à Mme O'Neill :

— Madame O'Neill, aimeriez-vous proposer un nouveau nom pour notre chinchilla ?

— Oh oui, s'il vous plaît ! Euh… juste une petite chose : peux-tu me rappeler ce que c'est, un chin…

Une voix l'a interrompue :

— Où est-ce qu'on paie ?

C'était Simon Levert. **Super**.

Je lui ai répondu en montrant So, postée à côté d'un panneau où était écrit : « Entrée : 50 cents ».

— Combien ça coûte ? a encore demandé Simon Stupide Levert.

— Cinquante sous.

— J'en ai seulement trente. Est-ce que ça suffit ?

Je lui ai répondu « non » d'un ton ferme.

Mme O'Neill m'a souri d'un air suppliant :

— Oh, Indie, laisse passer le petit garçon ! Après tout, la fête est presque terminée.

C'est vrai qu'il était tard :

M. Ioannou était au micro, sur la scène que je ne voyais pas. Il remerciait tout le monde d'être venu et s'apprêtait à annoncer les gagnants du tirage.

— **Super** ! a dit Simon Levert en lançant une pièce de vingt-cinq cents à So avant d'entrer à toute vitesse.

Il se dirigeait tout droit vers Molson. J'avais peur pour le chinchilla et mon demi-frère parce que Simon Levert est une grosse peste. Au même moment, Mme O'Neill a réclamé une visite guidée du minizoo.

— Mon Dieu, qu'est-ce que c'est ? m'a-t-elle demandé en tendant le doigt vers Snoopy que Caitlin remettait dans sa cage.

— Un iguane.

— Un niquoi ? a marmonné ma voisine.

Caitlin m'a fait un clin d'œil. Elle s'amusait énormément et Ed le perroquet ne lui avait pas manifesté le moindre intérêt. Tout l'après-midi, il était demeuré bien raide, perché sur l'épaule de maman, la tête si profondément enfoncée dans son corps que l'on ne voyait qu'un bec et deux yeux effarouchés émerger de la boule de plumes.

— C'est une espèce de lézard, ai-je expliqué en prenant Snoopy très délicatement des mains de Caitlin pour que

Mme O'Neill puisse le contempler de plus près.

— ET LE GRAND GAGNANT DE CES PETITES CULOTTES MAGNIFI... EUH... COLORÉES EST...

La voix du directeur trahissait son hésitation :

— LE BILLET NUMÉRO...

— Oh, il faut que je trouve mes billets ! a dit Mme O'Neill en fouillant dans son sac à main.

Snoopy l'iguane a cligné les yeux. Tout comme moi, il essayait probablement d'imaginer Mme O'Neill portant une petite culotte rose bordée de dentelle turquoise.

Hum...

Dylan s'est mis à crier :

— Indie ! Il ne veut pas arrêter !

Je me suis retournée rapidement pour voir ce qui clochait.

Caitlin aussi.

Mon mouvement brusque m'a donné **mal au cœur**.

Caitlin, elle, en a perdu son bonnet.

— Mais qu'est-ce que c'est ? a demandé Mme O'Neill en regardant toutes les chaussettes qui tombaient au sol.

De la nourriture! a pensé Napolitaine en tirant sur sa laisse…

Je ne devais pas me laisser distraire par des chaussettes transformées en régal de chèvre. Dylan avait besoin d'aide: Simon Levert Microbe essayait d'ouvrir la cage de Molson le chinchilla!

— ET LE GRAND GAGNANT DE CE MAGNIFIQUE COFFRET DE PRODUITS DE TOILETTE EST…

La voix de M. Ioannou résonnait encore.

Dylan m'a expliqué d'une voix paniquée, en essayant de s'interposer entre la cage du chinchilla et Simon Le Ver :

— Ce garçon a donné un nom très impoli à Molson et il m'a seulement donné dix cents pour sa suggestion !

Simon a insisté :

— Et puis ? Si je paie, je peux jouer avec !

Non, pas question! J'ai sauté par-dessus la chèvre pour me jeter sur le Microbe Humain avant qu'il réussisse à ouvrir la cage. Mais quelqu'un a réussi à l'arrêter avant moi: quelqu'un de timide, bouboule, plumé et protec-teur.

— ΛΛΑΗΗΗΗ! a hurlé Simon Levert tandis qu'une paire de griffes s'enfonçait profondément dans son cuir chevelu.

Il a fait un pas en arrière, est tombé par-dessus Napolitaine et a atterri sur les chaussures grises de Mme O'Neill.

Ed a battu des ailes pour regagner son poste d'observation sur l'épaule de ma mère. Le perroquet tenait plus du chien de garde que du dodo. Est-ce que ça existe, un oiseau de garde?

Ma mère s'est penchée vers Simon La Peste:

— Mais que se passe-t-il?

— Ce garçon essayait de sortir ce genre de hamster ébouriffé de sa cage! a expliqué Mme O'Neill en fronçant les sourcils et en secouant ses pieds pour inciter Simon à enlever sa tête de ses souliers. Le petit Dylan a essayé de l'arrêter !

— Lâche mes chaussettes !

Ça, c'était Caitlin qui ordonnait à Napolitaine de ne pas toucher aux chaussettes enfouies sous Simon Levert. Bien entendu, Simon ignorait cela et pensait que Caitlin le disputait aussi.

Étendu sur le sol, il pouvait voir un cercle de plus en plus grand de visages réprobateurs : maman, Mme O'Neill, Caitlin, So, Phie, Dylan, Ed et moi.

Puis Napolitaine l'a poussé avec sa tête pour saisir une chaussette rayée qui lui semblait particulièrement appétissante.

— Fichez-moi la paix! a hurlé Simon Levert en se relevant tant bien que mal avant de sortir de l'enclos en courant.

— Salut! Tu vas nous manquer! a gloussé Phie qui agitait son doigt en direction du garçon.

Au même moment, mon cellulaire a sonné. Confuse, j'ai soulevé l'iguane contre mon oreille et j'ai répondu:

— Allo?

Une nanoseconde plus tard, je déposais Snoopy et prenais à la place le téléphone qui se trouvait dans ma poche arrière :

— Allo ?

Papa semblait essoufflé :

— Indie ! Je ne peux pas te parler longtemps. Il faut que je photographie une mariée sur un monocycle dans une seconde. Je veux seulement te rappeler que je t'ai laissé tous mes billets de tirage. Peux-tu vérifier si je gagne quelque chose ? Il y a un prix en particulier qui m'intéresse. Je pense que tu peux deviner lequel. **Oh là là !** La voilà qui arrive. Je te laisse.

Une mariée sur un monocycle ? Papa est vraiment le photographe de mariage le plus bizarre au monde. C'est ce que je me suis dit en saisissant le paquet de billets dans la poche de mon jean. Ils portaient les numéros 70 à 150.

(Eh oui! J'avais persuadé mon père d'en acheter beaucoup plus lorsque la secrétaire de l'école avait remplacé les billets avalés par la chèvre!)

Qu'est-ce qu'il m'avait raconté au sujet de ces prix? Lequel voulait-il gagner? Et comment pouvait-il croire que je pourrais deviner pourquoi?

— ET NOTRE DERNIER PRIX : SE FAIRE RACONTER UNE HISTOIRE PAR MLLE LÉVI AVANT D'ALLER AU LIT DEMAIN SOIR. LE NUMÉRO DU GRAND GAGNANT EST LE... 71 !

Oh ! oh...

C'était un des **billets de papa !**

Mais qu'est-ce qu'il ferait bien d'un prix comme celui-là ? Je ne crois pas que Fiona, ma belle-mère, aimerait voir Mlle Lévi assise au bord de son lit pour lire *La Belle au bois dormant* à papa.

Oh ! oh... Oh ! oh... Oh ! oh...

Papa voulait le prix pour *moi*. Il tenait à gagner pour que je sois avec Mlle Lévi après la super-gaffe d'aujourd'hui !

Mon estomac s'est noué de nouveau en pensant à cette idée (honteuse).

Est-ce que je pourrais donner le billet gagnant à une chèvre affamée sans que personne me voie ?

Le *blues* du dodo

C'était dimanche soir.

Il était vingt heures.

J'avais appris vingt-huit heures et cinq minutes plus tôt que papa avait remporté le « super prix » de la visite de Mlle Lévi à domicile pour lire une histoire.

Comme je m'y attendais, il m'a remis le prix. («Ce sera formidable, Indie!

m'avait-il dit la veille au téléphone. Imagine : ton enseignante pour toi toute seule ! Vous allez tellement rigoler, toutes les deux ! » Euh… pas vraiment, papa.)

Elle devait donc venir chez nous ce soir-là. J'avais maintenant un super gros nœud dans le ventre, sans oublier les borborygmes et les gargouillements.

Il fallait que je me change les idées. Je ne pouvais pas me contenter de rester assise nonchalamment sur mon lit, tremblante de peur, en t-shirt et en corsaire. (Pas question que je porte un pyjama !)

Je me suis mise à sauter sur mon lit. BOING !

Je devais penser à autre chose.

BOING !

Boum.

BOING !

Je venais de me rappeler que c'était *ça*, le nouveau nom que Simon Levert avait trouvé pour Molson :

BOING !

Ce n'est pas un nom qu'on aurait choisi, maman et moi.

BOING !

Nous pensions plutôt choisir une des trente-deux suggestions de Dylan.

BOING !

Il venait probablement de revoir la

trilogie du *Seigneur des anneaux* avec papa et Fiona parce que toutes ses idées étaient des noms de personnages des films.

BOING!

Gorbag, Shagrat et Legolas ne me semblaient pas convenir à un chinchilla foufou, mais nous aimions bien Frodo.

BOING!

Ça conviendrait plutôt à une grenouille, non ?

BOING!

— Oh! s'est exclamée maman en ouvrant soudainement la porte de ma chambre.

BOING-de-doingggggg... C'est le bruit qu'ont fait les ressorts de mon matelas pendant que j'essayais de cesser de bondir.

— J'ai frappé ! a dit maman.

Papa et Mlle Lévi se tenaient avec elle dans l'embrasure de la porte.

J'ai marmonné en m'assoyant rapidement sur mon lit, les jambes croisées :

— Vous savez… je sautais peut-être trop fort pour entendre…

— Tu t'exerces pour le nouveau trampoline de l'école ? a demandé Mlle Lévi en entrant dans ma chambre.

Bon, d'accord, elle blaguait, mais moi, je n'avais pas envie de rigoler. Le souvenir de la chèvre mastiquant sa manche et son hot dog, tout comme l'idée de recevoir mon enseignante dans ma propre chambre me donnaient la nausée.

Et je sentais que ça **empirait**.

— J'espère que ça ne te dérange pas que je sois venu, Indie, a dit papa. J'ai pensé que ce serait formidable d'avoir une photo de cette occasion spéciale !

Il s'est ensuite transformé en photographe professionnel.

— Bon, mademoiselle Lévi, asseyez-vous du côté droit du lit et tenez le livre ouvert, assez haut pour que je voie bien la couverture…

Elle a toussoté et a suivi les instructions, tout comme moi en classe :

— Comme ceci ?

— C'est parfait ! a répondu mon
père pendant que Mlle Lévi montrait la
couverture du livre de Harry
Potter qu'elle avait ap-
porté.

Clic, clic!

— **Fantastique !**
Maintenant, mademoiselle
Lévi, pourriez-vous lire ? a dit papa en
s'approchant pour faire un gros plan.

Flairant peut-être une occasion de
manger, Beignet en a profité pour entrer
dans la chambre et a mis sa tête sur
l'édredon.

Mlle Lévi me regardait de côté :

— J'espère que mon choix de lecture te plaît. Il me semble bien que tu m'as dit que tu aimes Harry Potter.

J'ai marmonné pour ne pas bouger pendant la photo :

— Mmmm.

J'aime bien Harry Potter, mais je n'aimais pas beaucoup les nœuds qui me serraient l'estomac, puis se relâchaient, puis me serraient encore...

— Maintenant, pourriez-vous sourire, toutes les deux ? a demandé mon père sans quitter le viseur de son appareil photo.

Mlle Lévi a plutôt poussé un gémissement de dégoût :

— Oh là là !

— Excusez-le, a dit maman en

reniflant la même odeur nauséa-
bonde. Beignet, sors d'ici tout
de suite !

Tandis que maman rac-
compagnait mon chien
puant, je me suis
soudainement sentie
mal :

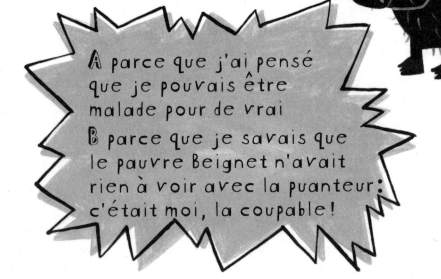

Ⓐ parce que j'ai pensé
que je pouvais être
malade pour de vrai
Ⓑ parce que je savais que
le pauvre Beignet n'avait
rien à voir avec la puanteur :
c'était moi, la coupable !

Quelle honte, encore!

Papa m'a demandé en baissant son appareil photo :

— Indie, ça va ? Tu as le teint un peu… vert !

En posant sa main sur mon front (verdâtre), Mlle Lévi a dit :

— Oh, Indie a peut-être attrapé le virus qui court à l'école.

— Qu'est-ce qui se passe ? a demandé maman en revenant dans ma chambre à toute vitesse.

— **Uuuuurrr**…

C'est tout ce que j'ai réussi à marmonner tandis que mon estomac se mettait à faire des pirouettes dans tous les sens. (Ça peut sembler amusant, mais c'était une sensation terrible.)

M. Ioannou nous avait décrit tous les symptômes. J'aurais dû m'en souvenir plutôt que de croire que les gargouillements et les crampes dans mon ventre étaient causés par la nervosité et l'humiliation.

Mlle Lévi a expliqué à maman :

— Il y a eu beaucoup de cas de vomissements et de diarrhée à l'école. Il faudrait peut-être accompagner Indie à la salle de bains…

Elles m'ont soulevée du lit en me prenant chacune par un coude.

— Tiens, apporte ça au cas où, a dit papa en tendant à maman ma poubelle.

Papa souhaitait peut-être nous rapprocher avec une séance de lecture, Mlle Lévi et moi mais, à ce moment-là, j'étais plus gênée que jamais devant elle.

Au moins, il avait aidé avec la poubelle qui risquait d'être utile si je me fiais aux bruits de mon estomac.

Et elle serait aussi commode en classe : je pourrais me la mettre sur la tête pour ne plus me sentir honteuse devant Mlle Lévi…

12

Félicitations !

— Eh ! écoute ton horoscope ! m'a dit Caitlin.

Elle était assise sur une chaise à côté de mon lit, les pieds sur l'édredon.

Elle portait ses nouvelles bottes, mais ça ne me dérangeait pas parce que...

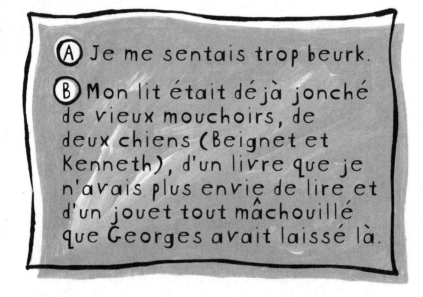

A Je me sentais trop beurk.

B Mon lit était déjà jonché de vieux mouchoirs, de deux chiens (Beignet et Kenneth), d'un livre que je n'avais plus envie de lire et d'un jouet tout mâchouillé que Georges avait laissé là.

— « Vous aurez une semaine formidable remplie de surprises », a lu Caitlin, les sourcils froncés.

Ah bon! C'était le lundi et le médecin avait expliqué à maman que je devrais probablement rester à la

maison toute la semaine ou jusqu'à ce que je ne me sente plus **beurk**.

J'ai marmonné de sous mes couvertures :

— Je ne crois pas à l'horoscope.

— Moi non plus, a déclaré Caitlin en jetant le magazine derrière elle. Alors, qu'est-ce que tu veux faire maintenant ?

J'ai répondu « Rien ! » d'un ton sinistre. Tout ce que je voulais, c'était ne plus me sentir **beurk** et être à l'école avec So et Phie pour entendre tous les potins sur la fête de samedi. Mais je me suis rendu compte que les cours étaient terminés en jetant un coup d'œil au réveille-matin rose sur ma table de chevet.

Par contre, j'étais plutôt contente de ne pas avoir eu à affronter le regard de Mlle Lévi après la catastrophe de la veille…

DING! DONG!

— Miiiiiii! aaaaaah! wouuuuu!

a glapi Kenneth pendant que Beignet se précipitait en bas du lit **avec un bruit sourd** pour se mettre à l'abri.

— J'y vais ! a lancé Caitlin en se levant pour aller ouvrir la porte, Kenneth sur les talons.

Pauvre Caitlin. Elle avait passé toute la journée à me tenir compagnie et à essayer de me divertir.

Elle avait joué un tas de morceaux au didjeridou.

Elle m'avait montré plein de sites de vedettes sur Internet.

Elle avait joué au Monopoly avec moi, jusqu'à ce que Beignet se sauve avec les dés.

Elle m'avait même raconté son film d'horreur préféré au complet, en ajoutant plein d'effets spéciaux.

Elle devait être épuisée et comptait probablement les jours jusqu'à mon retour en classe.

Tap, tap, tap.

Il y avait beaucoup de bruits de pas dans l'escalier.

J'ai rapidement passé ma main dans mes cheveux pour être un peu plus présentable devant mes visiteurs-suprises.

a dit Phie en entrant dans ma chambre en coup de vent, suivie de So. Alors tu es barbouillée ?

— Hein ? Ça veut dire être sale, non ? lui ai-je répondu pour lui montrer que je savais ce que signifie ce mot.

— Oui, mais on peut aussi utiliser ce mot quand on a l'estomac à l'envers, a-t-elle précisé en riant, ce qui est bien la preuve qu'elle est drôle et très savante à la fois.

— Comment vas-tu, Indie ? m'a demandé So.

— Un peu mieux. Attention de ne pas trop vous approcher, vous pourriez attraper mon virus.

— D'accord, on va rester à l'autre bout du lit. Tiens, a ajouté So en vidant le contenu d'un sac en plastique sur mon édredon.

C'était des magazines et un **gi-génténorme** sac de bonbons (que je ne pourrais pas manger avant d'aller mieux).

— Voici une carte de Mlle Lévi, a ajouté Phie en me remettant une enveloppe rose.

— Comment s'est passée la séance de lecture, hier soir ? s'est informée So.

Mes deux amies savaient à quel point j'avais redouté la visite de mon enseignante, surtout après la gaffe de Napolitaine.

Je leur ai expliqué en déchirant l'enveloppe :

— Terrible. Horrible. C'est à ce moment-là que j'ai commencé à me sentir malade.

Mignon ! Sur la carte, il y avait un éléphant avec un bandage sur la trompe. Je n'ai pas pu m'empêcher de sourire en lisant le message à l'intérieur :

« Alors, Indie, je ne savais pas que tu tenais TANT QUE ÇA à éviter ma visite dans ta chambre. J'espère que tu te sentiras mieux bientôt.

Mlle Lévi xxx

P.-S. J'espère que la chèvre n'a pas eu d'indigestion après avoir mangé ma blouse ! »

Hi ! hi ! hi ! Mlle Lévi était vraiment *très* gentille. Après tout, je n'aurais peut-être pas besoin de me mettre la poubelle sur la tête en revenant en classe.

— Et en plus, on a **D'AUTRES** bonnes nouvelles de l'école ! a annoncé So, rayonnante, en ouvrant le sac de bonbons et en s'en servant une poignée.

— Oui ! a ajouté Phie. À l'assemblée de ce matin, M. Ioannou a annoncé que la kermesse avait été une réussite **EXTRAORDINAIRE** et que le mini-zoo était l'activité qui avait permis de récolter le plus d'argent !

— C'est vrai ? ai-je demandé en sentant une vague de bonheur me traverser la poitrine (ce qui était beaucoup plus agréable que les serrements d'estomac que je ressentais depuis la veille).

So a hoché la tête :

— Oui ! Et il a dit qu'il avait amassé TANT d'argent qu'il en donnerait au refuge !

Les chats cesseraient peut-être de manger à la chandelle plus tôt que le croyait maman ! Et Molson le chinchilla se retrouverait très bientôt dans une cage extrasolide, dotée de tout ce qu'il fallait pour le distraire !

Phie a souri :

— M. Ioannou avait même une surprise pour toi. Il t'a appelée pour te remettre un certificat de **Félicitations !** Mlle Lévi a dû lui annoncer que tu étais malade.

J'ai gémi de déception :

— **Oh non !** J'ai toujours rêvé

de monter sur scène pour recevoir le certificat des mains du directeur !

— Oui, mais avec la chance que tu as par les temps qui courent, tu aurais probablement trébuché devant tout le monde, m'a fait remarquer Phie.

— Moui, peut-être, ai-je marmonné en m'imaginant m'écraser de tout mon long devant toute l'école.

— Même si tu n'étais pas là, tout le monde t'a félicitée et t'a applaudie ! a raconté So. Enfin, presque tout le monde, parce que Simon Levert t'a huée, sauf qu'il n'est qu'une grosse nouille.

Je me fichais pas mal de Simon Levert à ce moment-là parce que So me remettait mon propre certificat de **Félicitations** *!* à moi !

JE L'ADORAIS, malgré la tache orange bizarre au beau milieu…

Mon amie a haussé les épaules :

— Excuse-moi : il y avait du spaghetti à l'école ce midi !

Je me suis penchée vers mes deux amies pour leur donner un câlin de bonheur :

— Ce n'est pas grave !

— Euh… Indie, je sais que les amies doivent tout partager, a marmonné Phie à mon oreille, mais je préférerais ne pas partager tes microbes…

Hum… Cela m'a donné une idée. Je devrais peut-être retourner à l'école dès le lendemain pour donner à Simon Levert un gros, gros câlin.

Pas parce que je suis une fille bonne et gentille qui pardonne tout, mais parce que Simon est un garçon qui mérite assurément d'être barbouillé.

— Trois hourras pour Indie ! a crié So. Hourra !

— Hourra ! a ajouté Phie bruyamment.

— Hourra ! a hurlé Caitlin en surgissant à la porte de ma chambre, un plateau de boissons à la main.

Kenneth, qui était tout excité même

s'il n'avait aucune idée de ce qui se passait, a manifesté sa joie lui aussi :

— Miiiiiii! aaaaaah! wouuuuu!

À propos d'excitation, il fallait que j'appelle maman pour lui apprendre la bonne nouvelle !

Mais je me suis dit que je pourrais peut-être manger UN SEUL tout petit minuscule bonbon avant (même si j'avais encore le ventre barbouillé).

Ce serait juste, non ?